A Mlle CÉCILE AUBRY

LES

RELIGIEUSES

POÉSIES

PAR

ALEXANDRE GUÉRIN

PRIX : **1** FRANC

PARIS

LIBRAIRIE NOUVELLE

BOULEVARD DES ITALIENS, 15, EN FACE DE LA MAISON DORÉE

1859

LES RELIGIEUSES

POÉSIES

PARIS. — IMP. SIMON RACON ET COMP., RUE D'ERFURTH, 1.

A Mlle CÉCILE AUBRY

LES

RELIGIEUSES

POÉSIES

PAR

ALEXANDRE GUÉRIN

PARIS

LIBRAIRIE NOUVELLE

BOULEVARD DES ITALIENS, 15, EN FACE DE LA MAISON DORÉE

1859

PRÉFACE

A la veille d'une publication à peu près générale de
toutes mes poésies déjà publiées ou inédites, j'éprouve
je ne sais quelle joie intime et profonde à rassembler en
un petit recueil celles de mes rêveries les plus chères.

Cet avant-courrier d'une édition toute prête s'adresse
donc exclusivement à vous et à la famille. Veuillez l'ac-
cueillir comme une fleur matinale en attendant le bouquet du soir ; comme une prière avant le travail, comme
un gage de souvenir pieux et reconnaissant.

Ces quelques pages sont assurément les plus douces,
les plus pures et les plus vraies du livre de mon cœur ;

aussi ai-je voulu, en quelque sorte, les sanctifier et les mettre à l'abri par la dédicace que je vous en fais.

La poésie intime a besoin de silence et de repos; c'est une voix qui a peur des échos bruyants, une lampe qui se plaît à brûler dans les veillées de famille.

Ces vers viennent donc à vous comme le passant rêveur qui se détache de la foule pour entrer dans une église. — De même que ce passant, ils se retrouveront ensuite perdus dans la foule, — mais l'eau bénite du souvenir leur portera bonheur et les empêchera de se faner.

ALEXANDRE GUÉRIN.

LES

RELIGIEUSES

FLEUR D'AZUR

Bouquet de la souvenance,
Toi qui défends d'oublier,
Ta fleur avec l'Espérance
Vient me réconcilier.

— Fleur d'azur, sois mes amours,
De loin, de près et toujours.

Cher bouquet, tu me dévoiles
Le bonheur pur loin du bruit;
Tes fleurs semblent des étoiles,
Sœurs de celles de la nuit.

— Fleur d'azur, sois mes amours,
De loin, de près et toujours.

Ton sourire qui m'enivre
Est comme un reflet des cieux;
Et ton image est un livre
Aux feuillets mystérieux.

— Fleur d'azur, sois mes amours,
De loin, de près et toujours.

Pour deux âmes fiancées
Voltigeant vers l'avenir,
Que tu caches de pensées
A l'ombre du souvenir!

— Fleur d'azur, sois mes amours,
De loin, de près et toujours.

Ne sembles-tu pas éclose
Avec ton doux regard bleu
Au sourire frais et rose
D'un bel ange du bon Dieu?

— Fleur d'azur, sois mes amours,
De loin, de près et toujours.

Tu veilles au fond de l'âme,
Petit bouquet immortel,

Ainsi que veille la flamme
A la lampe de l'autel.

— Fleur d'azur, sois mes amours,
De loin, de près et toujours.

Bouquet de la souvenance,
Toi qui défends d'oublier,
Ta fleur avec l'Espérance
Vient me réconcilier.

— Fleur d'azur, sois mes amours,
De loin, de près et toujours.

SAINTE CÉCILE

SOUVENIR D'ENFANCE

A MA MARRAINE

Tous les petits anges
Rassemblés ce soir
Chantent des louanges
D'amour et d'espoir.
Plaines éternelles,
Je prendrais mon vol,
— Si j'avais des ailes
Comme un rossignol !

A sainte Cécile
J'offre pour encens,
Chérubin docile,
Mon cœur de six ans.

Sainte au doux génie,
L'écho de ta voix
Emplit d'harmonie
Les prés et les bois ;
Ta parole est douce,
O muse du ciel !
Autant que la mousse,
Autant que le miel.

A sainte Cécile,
J'offre pour encens,
Chérubin docile,
Mon cœur de six ans.

Ton âme soupire
Parmi les roseaux,
Et ton luth inspire
Les petits oiseaux.
La nuit s'illumine
Pour chanter tes vers,
Et le ciel s'incline
A tes doux concerts !

A sainte Cécile,
J'offre pour encens,
Chérubin docile,
Mon cœur de six ans.

LE CHRIST

A MONSIEUR L'ABBÉ ROIZARD

Avec son regard plein d'une pitié profonde,
Son front resplendissant et pur comme un beau jour,
Doux comme le soleil et grand comme le monde,
Voilà Jésus prêchant l'espérance et l'amour.

Et les petits enfants, les anges et les femmes
Le suivent pour baiser la trace de ses pas;
Et sur sa route on voit tourbillonner des âmes;
— Mais les hommes de chair ne le comprennent pas.

Tout ce qui sent et vit dans son âme s'épanche;
Tout chante la grandeur de cet astre immortel :
Le poëte en ses vers, et l'oiseau sur la branche,
La foudre dans l'espace, et le prêtre à l'autel.

Il regarde, et d'amour la terre est embrasée ;
Il implore, et les cieux ont un doux abandon ;
Il sourit, et les fleurs s'enivrent de rosée,
Les âmes d'espérance et les cœurs de pardon.

Prêchant la vérité, la paix et la justice,
Il donnait des leçons aux peuples comme aux rois.
— Mais la vertu des grands n'est qu'un vain artifice,
Et Jésus expia sa grandeur sur la croix.

Dans son cœur tout d'amour la plaie était profonde,
Et son dernier soupir ébranla l'univers,
Et son sang ruissela sur la face du monde,
— Et le ciel entonna de sublimes concerts !...

Où sont, divin Jésus, les fleurs de ton enfance ?
O Christ ! où sont les fruits de ta rédemption !
L'âme de notre siècle est toute de vengeance,
De cynisme, d'orgueil et de corruption !

La faim mord tes brebis pour en vendre la laine ;
Tes moutons vont errants décimés par les loups,
Le vent du malheur souffle, — et les âmes en peine
Voltigent sur ta croix pour en compter les clous.

Nos prières vers toi s'en vont battant des ailes ;
Ces oiseaux effarés implorent ton secours ;
Prends-les sous ton manteau comme un nid d'hirondelles,
Et fais luire sur nous l'arc-en-ciel des beaux jours.

MAI

———

Mai, déployant ses ailes parfumées,
En fait pleuvoir des milliers de bouquets;
Tout se réveille, et les cages fermées,
Comme les bois ont de joyeux caquets.
Tout ce qui vit murmure une prière,
Soupire un nom chaste et mystérieux...
— Écoutez bien... C'est l'âme de la terre
Qui bat de l'aile en saluant les cieux!

    Sur sa route fleurie,
    Mains jointes, à genoux,
    Mai garde pour Marie
    Ses parfums les plus doux!

C'est que Marie est la sainte patronne
Du pèlerin dans la foule isolé;
C'est qu'une fleur tombant de sa couronne
Fait l'âme heureuse et le cœur consolé.

C'est que sa voix dit de si douces choses
Que l'écho semble un divin ménestrel ;
C'est que sur terre elle a semé des roses
Comme elle a mis des étoiles au ciel !

Sur sa route fleurie,
Mains jointes, à genoux,
Mai garde pour Marie
Ses parfums les plus doux !

C'est son amour qui berce et divinise
Nos jours de deuil, de souffrance et d'espoir,
— Souffle béni, qui passe dans la brise
Comme un parfum de lis ou d'encensoir !
L'homme la chante au fond de sa pensée,
Et les oiseaux la chantent dans leur nid ;
De l'idéal elle est la fiancée,
Car son amour embrasse l'infini.

Sur sa route fleurie,
Mains jointes, à genoux,
Mai garde pour Marie
Ses parfums les plus doux !

PAQUES

A MA FAMILLE

Les chérubins ouvrent leurs ailes,
Leurs ailes de lis et d'azur ;
L'oiseau prend ses plumes nouvelles,
Le bois verdit, le fleuve est pur.
Grand'mamans, belles et bénies,
De cinquante ans sont rajeunies ;
Charmants lutins, frais papillons,
Les petits enfants sont en joie,
Éblouissants d'or et de soie ;
Et le soleil lui-même a ses plus beaux rayons.

C'est fête au ciel et sur la terre,
Les échos sont émerveillés ;

Tout est parfum, tout est lumière,
Et tous les cœurs sont éveillés.
La nature, ivre d'espérance,
Chante une hymne de délivrance
Qui réjouit tous les sillons.
Les cloches ont pris leur volée,
Et l'âme errante et consolée
Se recueille au doux bruit des joyeux carillons.

Tout est splendeur, magnificence ;
Tout cause à l'âme et rit aux yeux ;
Et l'orgue, dans la nef immense,
Ruisselle en flots harmonieux.
Le soleil, de pourpre et d'opale,
A revêtu la cathédrale,
Et les fidèles assemblés
Sous le Verbe de l'Évangile,
Inclinent leur tête docile
Comme aux brises du soir penche le front des blés.

Pâques ! grand jour, fête divine !
Le ciel palpite à ton retour,
Et la terre qui s'illumine
A des tressaillements d'amour.
Des siècles éteints le grand rêve
Au ciel avec Jésus s'élève,
— Berçant les générations ;
Et sur la foule recueillie,
— Comme sur celle ensevelie,
Dieu jette à pleines mains ses bénédictions.

2.

ENVOI

— C'est le bel oiseau de l'enfance,
Fauvette au plumage étoilé,
Qui babille la souvenance
Au seuil de mon cœur isolé.
Reprends ton vol, chère fauvette,
Pour le toit qu'aime le poëte :
Va revoir ceux qui me sont chers :
Ils te feront un nid de mousse ;
Et toi, de ta voix la plus douce,
Tu leur babilleras mon amour et mes vers.

CONSOLATION

————

I

Ne penchez pas ainsi votre tête chagrine,
Enfant! levez sur moi vos grands yeux pleins de deuil.
La mort, ce grand sommeil que le rêve illumine,
Des mondes éternels nous fait franchir le seuil.
Enfant, ne laissez point votre âme pèlerine
Embarrasser son aile aux planches d'un cercueil :
Et, forte, saluez la volonté divine.

II

Les peintres, les sculpteurs, — les poëtes aussi,
Entraînés par le vent du matérialisme,
Nous ont fait de la mort un fantôme transi,
Une horrible faucheuse, — un géant d'égoïsme
Ayant des doigts crochus, frémissant du désir
De magnétiser l'homme afin de le saisir...

— Hélas! ils n'ont point su comprendre cette image;
La Mort, — comme le Temps, — reste jeune avec l'âge.
Ce n'est point un Esprit méchant et révolté;
Elle est douce, elle est belle et pleine de bonté :
Un rayon d'espérance inonde son visage.

III

— La vie est un exil, la terre une prison
Où chacun, se tuant sous prétexte de vivre,
Ne voit rien par delà le vulgaire horizon;
Et, sœur de charité, quand la Mort nous délivre,
On constate le mal où gît la guérison.

Seule, l'âme est un être, — et l'âme est immortelle;
Qu'est-ce que notre corps? un humble vêtement,
Un âtre recélant la suprême étincelle
Que Dieu laissa tomber de son beau firmament.

IV

Vivre... — mais ce n'est point importuner la terre
Du vain bruit de ses pas en attendant le jour
Où notre corps chétif lui rendra sa poussière !
Vivre, c'est dépenser la céleste lumière,
— Lumière inépuisable en un cœur plein d'amour.

Vivre ! mais ce n'est pas manger, dormir et boire !
C'est élever son cœur, prosterner son front nu,
Rêvant de poésie et d'amour et de gloire,
Sous le ciel étoilé de l'immense inconnu.

Vivre ! c'est se baigner aux sources du mystère
Où la pensée en fleur nous offre son berceau ;
C'est imiter l'oiseau qui déserte sa sphère
Pour rafraîchir son aile au courant du ruisseau.

Vivre ! c'est respirer l'air de l'intelligence,
C'est s'épeler soi-même au grand livre éternel ;
C'est savoir être riche à travers l'indigence,
Les deux pieds sur la tombe et le front dans le ciel.

Vivre, c'est méditer, c'est faire de ses heures
Un chapelet béni qu'on égrène en rêvant ;
C'est, — quand la sombre nuit plane sur nos demeures,
Faire un hymne d'amour pour le soleil levant.

Vivre, c'est s'enivrer de toutes les rosées
Et de tous les parfums qui nous viennent de Dieu ;

La nature n'a point de coupes épuisées,
Et le soleil nous dit l'éternité du feu.

Vivre, c'est voyager vers la terre promise ;
C'est cueillir en chemin la chanson de l'oiseau,
Et c'est prêter l'oreille aux plaintes que la brise
Murmure au plus grand chêne, au plus petit roseau.

Vivre, c'est espérer ; c'est lire la préface
D'un livre solennel, saisissant et profond ;
Vivre, c'est du grand tout effleurer la surface
En attendant que Dieu nous en montre le fond.

Vivre, — vivre, en un mot, c'est préserver son âme
De tout contact fangeux, ignorant et brutal,
De tout souffle méchant ennemi de la flamme,
— Et du cœur qui n'a point la foi de l'idéal !

V

Laissez donc s'agiter les flots noirs de la foule
(De la foule !) — qui tremble alors qu'un bénitier,
Veille auprès du linceul que toute fin déroule,
Et que par les chemins votre âme chante et coule
Ainsi qu'un doux ruisseau le long d'un vert sentier.
Montrez-vous forte enfin ! Quoique le destin fasse,
Près de vous, loin de vous, quand la Mort passera,
Je vous en prie, osez la regarder en face,
Et, vierge d'amertume, elle vous sourira.

VI

On pleure sur un mort comme sur une cage
Dont l'oiseau bien-aimé voltige tout là-bas;
Mais ce divin oiseau chante sous le feuillage
De rosiers blancs sans fin et d'éternels lilas.

VII

— N'est-il pas vrai, mon Dieu, que tu nous le rendras
Alors que nous aurons achevé le voyage?
— N'est-il pas vrai, Seigneur, que tu fis l'esclavage
Pour mieux faire chérir la sainte liberté?
Et que tous les oiseaux, — pauvres âmes en cage,
N'auront plus de liens dans ton éternité?

LE SAC DE DRAGÉES

INTIMITÉ

————

A MADAME CLÉMENT

Voici, ma seconde marraine,
Un modeste sac de bonbons;
Ce sera bonne et douce aubaine
Pour tels et tels petits moutons.
Vous leur direz : — magique phrase !
« Voilà des bonbons de Paris; »
— Et leurs grands yeux, tout pleins d'extase,
Réfléchiront le paradis !

Bleus, violets, verts, blancs ou roses,
Les bonbons, fleurs en sucre écloses,
Font plaisir à tous les enfants,
Jeunes ou vieux, petits ou grands.

Vous en donnerez à ma mère
Que je ne saurais trop bénir;
Alors, malgré le temps sévère,
Son front semblera rajeunir !
Elle dira : « Ça me rappelle
Mille trésors trop tôt perdus !
— La crémaillère solennelle
Et les sabots d'enfant Jésus ! »

Bleus, violets, verts, blancs ou roses,
Les bonbons, fleurs en sucre écloses,
Font plaisir à tous les enfants,
Jeunes ou vieux, petits ou grands.

A saint Claude, à sainte Cécile,
Veuillez bien en donner aussi ;
Le bonbon, talisman facile,
A tout rajeunir réussit.
— Ils reverront, petits encore,
Tous ceux qu'on voyait envier
· Les bonbons pleuvant dès l'aurore
Au retour du papa Janvier.

Bleus, violets, verts, blancs ou roses,
Les bonbons, fleurs en sucre écloses,
Font plaisir à tous les enfants,
Jeunes ou vieux, petits ou grands.

N'oubliez pas les mariées,
Petites mamans aujourd'hui :
Pour elles, parmi ces dragées
Bien sûr, quelque souvenir luit.
Je comprends leur plaisir extrême
A les croquer, — au moins des yeux ;

3

Elles ont un air de baptême
Qui fait le cœur tout radieux.

Bleus, violets, verts, blancs ou roses,
Les bonbons, fleurs en sucre écloses,
Font plaisir à tous les enfants,
Jeunes ou vieux, petits ou grands.

A force de donner sans cesse,
Vous arrivez au fond du sac.
Vrai ! j'ai peur d'une impolitesse,
Et mon cœur en a le tic tac !
Si ma chanson vous dédommage
Et peut avoir quelque douceur,
Veuillez en accepter l'hommage :
— C'est un simple bonbon du cœur.

Bleus, violets, verts, blancs ou roses,
Les bonbons, fleurs en sucre écloses,
Font plaisir à tous les enfants,
Jeunes ou vieux, petits ou grands.

L'ANGE GARDIEN

———

A MON ANGE GARDIEN

Lorsque j'étais enfant, ma bonne et sainte mère,
    Matin et soir,
Me faisait réciter une fraîche prière,
    Parfum d'espoir
Qui montait jusqu'à Dieu, chaste et vive étincelle
    D'un cœur chrétien,
Afin qu'il m'envoyât cet ange qu'on appelle
    L'ange gardien.

Et dans un beau rayon je le voyais descendre
    Éblouissant ;
Sa parole était douce, et son regard si tendre
    Et caressant,

Que mes petites mains battaient comme deux ailes
    D'âme ou d'oiseau,
Et que mon cœur chantait aux brises éternelles
    Comme un roseau!

Peuplant mes nuits de fleurs, d'étoiles et de rêves,
    Il m'endormait
Au bruit mystérieux des forêts et des grèves;
    Puis il aimait
A m'apprendre son nom tout plein d'une harmonie
    Au divin miel,
Et puis il m'emportait sur son aile bénie
    Jusques au ciel.

Mais le temps va si vite au pays de l'enfance!
    Et l'arbrisseau
Se métamorphosant, comme un chêne s'élance
    Loin du berceau!
— L'homme se met en route, et le bon ange pleure
    Tout éperdu!
Mais, de près ou de loin, toujours son aile effleure
    · L'enfant perdu.

C'est lui qui nous console aux heures de souffrance
    Et d'abandon;
C'est lui qui nous envoie un parfum d'espérance
    Et de pardon.
C'est lui qui refleurit nos croyances fanées,
    Pour l'avenir,
Et nous rend le bouquet de nos jeunes années
    En souvenir!

C'est lui qui cause avec notre cœur solitaire,
    — Livre oublié,

Quand pour nous un feuillet de joie et de mystère
        S'est replié.
C'est lui qui, dans le deuil éveille un doux mirage,
        Divin trésor,
Ainsi qu'aux rameaux verts on voit après l'orage
        Des perles d'or !

— Car notre ange gardien n'est point une chimère,
        Un vain Esprit ;
C'est l'amour d'une sœur, — c'est l'ombre d'une mère
        Qui nous sourit.
C'est un être, — vivant d'une vie éternelle,
        Si bon, si doux,
Qu'en tous lieux, en tous temps, son cœur fait sentinelle
        Auprès de nous.

LA VIOLETTE

UNE BONNE SŒUR DE CHARITÉ

— La violette aux yeux si doux,
C'est vous, ma sœur, ma bonne sœur, c'est vous !

La violette est éternelle :
Belle et simple comme son nom,
C'est une fleur toujours nouvelle,
Rajeunie à chaque saison.
Toute sa vie est une extase,
    Un regard bleu
    Qui va vers Dieu !
Et si parfois un pied brutal écrase

La fleur rêvant ainsi qu'une vierge au saint lieu,
   Souvent la foi, qu'un amour pur embrase,
La cueille doucement comme un baiser d'aveu,
   Et lui donne son cœur pour vase !

   — La violette aux yeux si doux,
C'est vous, ma sœur, ma bonne sœur, c'est vous !

   La violette aimante et douce,
   — Frais sourire de vérité,
   Se cache sous l'herbe et la mousse,
   Ayant peur de l'humanité.
   Toute âme vraie est incomprise :
      Les plus doux mots
      N'ont point d'échos;
Et c'est toujours sur l'aile de la brise
Que les plus doux parfums remontent vers le ciel !
  Mais vienne un cœur que la souffrance brise :
La violette alors, donnant son plus doux miel,
   Verse un bonheur qu'elle éternise !

   — La violette aux yeux si doux,
C'est vous, ma sœur, ma bonne sœur, c'est vous !

   La violette, c'est la femme
   Simple et modeste en sa splendeur,
   Et dont il faut deviner l'âme
   Au parfum de son propre cœur.
   Honte à qui passe non loin d'elle
      Sans respirer
      Pour s'enivrer,
Et pour sentir son front battre de l'aile

A travers un torrent de mille émotions!
   La violette est comme une étincelle
Échappée au foyer des bénédictions
   Où le feu sacré se révèle!

   — La violette aux yeux si doux,
C'est vous, ma sœur, ma bonne sœur, c'est vous!

L'ASSOMPTION

CANTIQUE

———

Bonne Marie,
Soyez bénie,
Soyez bénie,
Bonne Marie!

Sous le ciel d'un bleu tendre et clair
Les échos voyagent dans l'air
Comme autant de chansons joyeuses!
— Ah! les vierges sont bien heureuses!...
Tout ce qui chante à l'unisson
A pris pour refrain de chanson :

Bonne Marie,
Soyez bénie,

Soyez bénie,
Bonne Marie !

Matinales comme un soleil,
Toutes les cloches en éveil,
Dans les cités comme au village,
Babillent leur plus doux langage...
— Petite cloche ou gros bourdon,
Que dites-vous ?... — Écoutez donc :

Bonne Marie,
Soyez bénie,
Soyez bénie,
Bonne Marie !

L'alouette, qui va gaiement
Porter son hymne au firmament,
En descend comme une fusée,
— Musique pleine de rosée !
Rentrée au nid, ivre d'amour,
Que babille-t-elle à son tour ?

Bonne Marie,
Soyez bénie,
Soyez bénie,
Bonne Marie !

L'ORDONNANCE

A MA BONNE MÈRE

Chère maman, j'apprends que la souffrance
Déchire moins tes jours si vénérés.
Bon médecin, pour faire une ordonnance,
Vois-tu, le cœur d'un fils est des mieux éclairés.
Bois du bon vin pour réchauffer tes veines ;
Soigne-toi, mère, et tu vivras longtemps...
— Ce ne sont pas des espérances vaines :
Tu m'en diras quelque chose au printemps.

Bois du bon vin pour ressaisir ta force :
— Que manque-t-il aux arbres abattus ?
Mais, c'est la séve en prison sous l'écorce.
— Et le vin, c'est la séve aux suprêmes vertus !

Accueille bien cette liqueur vermeille,
Ce lait rosé qu'on donne aux vieux enfants :
C'est du soleil qu'on a mis en bouteille !
— Tu m'en diras quelque chose au printemps.

Bois du bon vin ; bois-en, ma bonne mère,
Pour que le vent ménage le roseau ;
Pour que tes pieds, en essayant la terre,
Puissent trouver encor les ailes de l'oiseau.
Bois du bon vin ; ta santé chancelante
Refleurira comme à tes premiers ans !
Tu vas pousser comme une jeune plante !
— Tu m'en diras quelque chose au printemps.

Car au printemps, — à peine à sa naissance,
J'irai te voir, si tu m'obéis bien,
Pour te porter une fleur d'espérance
Que j'ai cueillie au front de mon ange gardien.
Cet ange-là t'abrite sous ses ailes
Pour adoucir les coups d'aile du Temps :
— Tu lui devras bien des roses nouvelles !
Tu m'en diras quelque chose au printemps.

LES COURONNES.

AU PENSIONNAT DE MADEMOISELLE AUBRY

LE JOUR DE LA DISTRIBUTION DES PRIX

Chères brebis du ciel, vous voici déjà grandes,
Et, loin de folâtrer à travers les sillons
Pour cueillir des bouquets ou tresser des guirlandes
Tout en faisant la chasse aux pauvres papillons,

Vous devez désormais vous montrer moins rieuses.
Songez à l'avenir qui vous guette là-bas ;
Et, marchant tour à tour, bonnes et studieuses,
Marquez par un bienfait la trace de vos pas.

Enfants insoucieux, sachez que l'existence
Est un pèlerinage au seuil de l'Éternel ;

4

Que l'heure au long murmure est comme une sentence,
Et que tout resplendit d'un reflet solennel.

Hélas! oui, pauvres sœurs! La vie est une école :
Les couronnes y sont toujours à conquérir,
Parce qu'à tous les fronts il faut une auréole,
Parce qu'à tous les cœurs il faut un souvenir.

— C'est ainsi qu'autrefois, quand vous étiez petites,
Dans les bois, dans les prés, frais et joyeux lutins,
Vous alliez, ravageant les pauvres marguerites
Pour vous en couronner dans vos jeux enfantins.

Et vous chantiez alors ces naïves romances,
Ces rondes du bon temps, frais échos du passé,
Ces vieux refrains fleuris de jeunes espérances
Et dont le souvenir n'est jamais effacé !

Après les chants naïfs vient la sainte prière :
Enfants, cessez vos jeux... la cloche du Seigneur
Dans le temple inondé d'encens et de lumière
Vous invite à verser l'encens de votre cœur...

Aimez et priez Dieu ; chantez bien ses louanges ;
Dans la communion recevant Jésus-Christ,
Vous porterez au front la couronne des anges,
Avec un doux rayon venant du Saint-Esprit...

Bientôt petite fille arrive demoiselle,
Et vous avez grandi, grandi, grandi toujours !
C'est alors que l'Étude en déployant son aile
A couronné vos fronts des lauriers du concours.

En ce jour si rêvé, Dieu qui vous environne
Fait vibrer sa parole au fond de votre cœur ;

Et son regard bénit votre verte couronne,
Comme son beau soleil bénit la branche en fleur.

Vous grandirez encore! Aux souffrances humaines
Votre âme s'ouvrira, belle dans sa bonté :
Alors de doux bienfaits les deux mains toutes pleines,
Vous aurez un trésor pour chaque adversité.

Et le malheur touché, d'une voix attendrie,
Versera sur vos jours sa bénédiction ;
Et vous aurez alors pour couronne fleurie
L'auréole que donne une bonne action.

Vous grandirez encor! Terrestres ou divines,
Les couronnes toujours fleuriront sous vos pas,
Et qu'elles soient, mes sœurs, de roses ou d'épines,
Portez-les saintement jusqu'au jour du trépas.

En attendant, mes sœurs, à tout devoir fidèles,
De même qu'une mère a l'amour des berceaux,
Anges du souvenir, ayez des immortelles
Pour couronner la croix et l'urne des tombeaux.

L'ANGE A VENIR

—

Do, do, do, delinette, etc.
(*Vieux refrain.*)

J'ai le cœur plein d'une ivresse inconnue.
Un souffle étrange a couru sur mon front :
C'est que j'attends la douce bienvenue
D'un ange à qui les anges souriront.
Trésor d'amour, suave créature,
Viens vite ! viens !... je compte les instants !
Pour te bercer déjà ma voix murmure
Un vieux refrain sur un air de printemps !

    Dodo, dodelinette,
  Mon petit Jésus, fais dodo !

La poésie est ton berceau,
    Dodelino,
Et ta mère est là qui te guette,
    Dodelinette,
Ainsi que Dieu guette un oiseau,
    Dodelino !
      Dodo,
    Dodelinette,
      Dodo
    Dodelino.

Pauvre petit ! Déjà ta fraîche image
Comme un espoir me salue au réveil ;
J'entends déjà ton charmant babillage,
Déjà ma lèvre effleure ton sommeil !
Sur ton berceau je bâtis tout un monde
Dont mon amour sera le point d'appui,
Car la foi brûle en mon âme profonde
Comme une étoile au milieu de la nuit.

    Dodo, dodelinette
Mon petit Jésus, fais dodo !
La poésie est ton berceau
    Dodelino,
Et ta mère est là qui te guette,
    Dodelinette
Ainsi que Dieu guette un oiseau,
    Dodelino !
      Dodo
    Dodelinette,
      Dodo
    Dodelino !

Dors, Jésus ! dors, à l'ombre de Marie !
Son doux regard préserve des méchants.

4.

Dors, mon bel ange, et que ta rêverie
Sylphe d'azur voltige à travers champs!
Dors, pauvre enfant! moi je fais sentinelle
Ange invisible et toujours près de toi ;
Si le malheur sur ton front posait l'aile,
J'appellerais tous les anges à moi !

    Dodo, dodelinette
Mon petit Jésus, fais dodo !
La poésie est ton berceau
     Dodelino,
Et ta mère est là qui te guette
     Dodelinette
Ainsi que Dieu guette un oiseau,
     Dodelino !
      Dodo,
    Dodelinette,
      Dodo,
    Dodelino !

Dors à travers une brise embaumée,
Bouquet du ciel en mes beaux jours fleuri ;
Dors, cher présent d'une âme bien-aimée,
Mon saint espoir et mon rêve chéri !
Dans ton sommeil je crois te voir sourire...
Ta lèvre rose a gazouillé mon nom!!..
De tout mon être alors je te respire
Comme un parfum de bénédiction !

    Dodo, dodelinette,
Mon petit Jésus, fais dodo!
La poésie est ton berceau
     Dodelino !
Et ta mère est là qui te guette

Dodelinette,
Ainsi que Dieu guette un oiseau,
Dodelino !
Dodo
Dodelinette,
Dodo
Dodelino !

LA PREMIÈRE COMMUNION

A UN ENFANT

Enfant, c'est un beau jour que le jour qui va luire !
Pendant que ton cœur s'ouvre à la Divinité,
Ton bon ange, voilant ses larmes d'un sourire,
Rêve à tes premiers pas dans la société.

Au seuil frais et fleuri de ta joyeuse enfance,
Ainsi qu'un voyageur partant pour l'avenir,
Demain tu comprendras la vie et l'espérance,
Tout ce qu'il faut aimer, savoir craindre ou bénir.

Tu comprendras qu'il faut que tout homme travaille
Avec l'idée au front, avec le rêve au cœur ;

Tu sauras que la vie est un champ de bataille
Où le soldat loyal n'est pas toujours vainqueur.

Mais, vierge assurément de toute flétrissure,
Ton âme restera blanche comme aujourd'hui ;
Et, généreux, malgré telle ou telle blessure,
Tu panseras encor la blessure d'autrui.

Tu descendras au fond de toute chose humaine,
Et tu la jugeras sans cesse avec amour ;
Le nuage où la foudre aujourd'hui se déchaîne,
Réserve au lendemain le rayon d'un beau jour.

Tu seras homme enfin ! homme par la pensée,
Homme par le travail et l'inspiration !
A l'avenir déjà ton âme est fiancée...
Un jour tu recevras sa bénédiction !

En attendant reçois le Dieu qui t'environne ;
Tous les anges du ciel vers toi tendent leurs mains.
N'agite pas ton front sous ta blanche couronne,
Et marche, grand et fort, à travers les chemins !

MARTHE

FRAGMENT DE POÈME RELIGIEUX

———

C'est vers ce nom si pur que s'envole mon rêve ;
C'est à lui que mon cœur doit son chaste réveil !
Que le jour à présent, pour moi dorme ou se lève,
J'ai, dans la foi de Marthe, un baiser du soleil !

Marthe ! c'est le doux nom dont mon âme est bercée ;
C'est ma fleur ici-bas, mon étoile au ciel bleu ;
Marthe ! c'est la prière éclose en ma pensée
Comme une hymne d'amour à l'orgue du saint lieu.

Marthe ! c'est la lueur tendre et mystérieuse
Qui passe souriante à travers mes ennuis
Comme un rayon divin de la lune rêveuse
A travers le grand bois qui pleure au sein des nuits.

Marthe! c'est la chanson d'un beau jour qui va naître
Berçant les sylphes d'or dans les roses blottis;
C'est le myosotis priant à la fenêtre
Des châteaux qu'en Espagne à vingt ans j'ai bâtis.

Marthe! c'est la colombe innocente et bénie
Dont l'aile blanche exhale un parfum printanier,
Et qui, dans le déluge où se noyait ma vie
Me rapporta du ciel la branche d'olivier.

C'est vers ce nom si doux que s'envole mon rêve,
C'est à lui que mon cœur doit son chaste réveil!
Que le jour à présent, pour moi dorme ou se lève,
J'ai, dans la foi de Marthe, un baiser du soleil!

PRIÈRE A LA VIERGE

EN FAVEUR D'UNE AME EN PEINE

Toi dont le doux regard illumine la terre
Et fais descendre en nous l'espérance et la foi,
Éclaire cette enfant de ta sainte lumière
Et rafraîchis son front tout palpitant d'émoi.

Mène-la par la main, confiante et docile,
A travers les sentiers de ce monde maudit ;
Rends-lui, par ta bonté, la route plus facile,
Et montre-lui du doigt le ciel qui resplendit !

Dis-lui que l'avenir n'est pas un mot sonore,
Mais un livre fermé qui n'appartient qu'à Dieu ;
Et que l'œil indiscret se trouble et se dévore
A vouloir démêler ses chapitres de feu.

Dis-lui que chaque chose ici-bas a son heure ;
Qu'il ne faut rien brusquer, que les événements,
Ces esprits inconnus dont l'aile nous effleure,
Sont dans la main de Dieu comme les éléments.

Qu'il en est du bonheur comme de toutes choses;
Et que tous les espoirs inquiets et troublés
Attendent pour fleurir comme attendent les roses,
Attendent pour mûrir comme attendent les blés;

Et que le cœur humain, sous peine d'anathème,
Est soumis à la loi qui régit l'univers ;
Et que toute moisson, dans ce terrain suprême,
Ne germe qu'au milieu des maux qu'il a soufferts.

Dis-lui bien que la terre, enivrante et parée,
Pour nous donner le pain, le vin, les fruits, les fleurs,
Par la main du travail est toujours déchirée...
Et que son vaste amour se plaît dans les douleurs.

Dis-lui bien que l'amour, couronne d'espérances,
N'est que le précurseur des beaux jours qui viendront;
Et que tous les désirs font toutes les souffrances !
Et que, comme le Christ, tout grand cœur saigne au front !

LE LILAS

———

Dans l'air pur qu'on respire
Quelle fraîcheur !
Quelle senteur ! !
C'est le lilas qui nous inspire
L'âme et le cœur.
Lilas, salut, salut ! premier sourire
De la nature en fleur!

Par les chemins, bois et prairies,
Poëtes, flâneurs et passants
Sont bercés par les rêveries
Qui s'envolent de ton encens.
Comme on a la pensée heureuse,
Comme on se sent jeune et léger !
L'œil rayonnant, l'âme amoureuse,
On croirait qu'on va voltiger.

Avec transport chacun l'accueille,
Partout il est le bienvenu ;
Jeune ou vieille, la main le cueille
Mettant tout son feuillage à nu.
Du bonheur n'est-il pas l'emblème ?
Emblème à la fois triste et doux :
Il semble dire : Je vous aime !
Mais d'être heureux dépêchez-vous.

Il parle des jeunes années,
Des frais matins, des premiers soirs ;
Aussi, toutes les cheminées,
Tous les autels et les dressoirs,
Tout, grâce à lui, semble renaître !
Enfin les plus vieilles maisons
Rajeunissent par la fenêtre
Cherchant de nouveaux horizons !

Ne dirait-on pas que la brise
Chante un hymne et verse en passant
Un parfum de terre promise
A notre cœur reconnaissant ?
Ne croirait-on pas qu'on apprête
Un grand et sublime festin ?
Et que les échos d'une fête
S'harmonisent dans le lointain ?

C'est qu'il est la plus belle page
Au plus beau livre du bon Dieu ;
Le frais bouquet de mariage
De la terre avec le ciel bleu ;
C'est qu'il fait prévoir le baptême
De toutes sortes de moissons,
Et qu'il annonce à la faim blème,
Du vin, des blés et des chansons !

LE LILAS.[1]

Dans l'air pur qu'on respire
Quelle fraîcheur !
Quelle senteur !!
C'est le lilas qui nous inspire
L'âme et le cœur ;
Lilas, salut, salut ! premier sourire
De la nature en fleur !

LE JOUR DES MORTS

Pourquoi ces chants de deuil et ces funèbres voiles ?
— La terre est sans amours et le ciel sans étoiles. —
Les cloches ont versé la crainte et le remords
Sur le front des vivants et la cendre des morts.
... Écoutez... on dirait que les feuilles jaunies
Chuchotent lentement de sombres litanies.
Minuit, en épelant sa lugubre chanson,
Aux échos d'alentour a donné le frisson,
Et la bise sanglote au fond de la vallée
Comme une jeune veuve au pied d'un mausolée.
Dans les champs, dans les bois, à travers les faubourgs,
Le long des boulevards, au coin des carrefours,
Dans les palais, — et même au fond des citadelles,
On entend des soupirs et des battements d'ailes.

O pieux préjugés ! — O pensers décevants !
C'est la fête des morts... et l'effroi des vivants !

— Beaux anges de candeur, de paix et d'innocence,
Vous que la foi protége, et que l'amour encense, —
Ne tremblez pas : la mort sera douce pour vous.
Elle n'a ni prisons, ni chaînes, ni verrous...
Et, lorsque son appel retentit dans l'espace,
Levez les yeux au ciel, — c'est le Seigneur qui passe !
La mort ! bénissez-la sans crainte et sans douleur,
Car c'est l'ange gardien qui venge le malheur.
La mort ! c'est la puissance unique et solennelle ;
C'est le code sacré, la justice éternelle ;
C'est la robe de neige et le souffle de feu !
— La mort, c'est l'avenir, c'est l'idéal, — c'est Dieu.

Non, non, ne tremblez pas ; vous avez l'âme blanche
Comme les lis bénis qui versent, le dimanche,
Leurs célestes parfums aux Vierges des autels ;
Vous ignorez le monde et ses lâches cartels.
Le ciel, qui ne veut pas que vos fronts soient moroses,
A jeté dans vos cœurs du soleil et des roses,
Et chacun de vos vœux peut essayer son vol,
Frais comme un papillon, doux comme un rossignol.

Ne tremblez pas ; donnez, ravissantes colombes,
Une prière aux morts et des bouquets aux tombes.
— Les tombes, mes enfants, sont aussi des berceaux. —
Demain vous reprendrez vos jeux et vos cerceaux ;
Mais priez aujourd'hui... la prière des anges
Fait que tous les linceuls se transforment en langes.
. . . .
. . . .
Au ciel pas une étoile en effet ne scintille ;
Mais ma lampe rayonne et mon âtre petille.
Qu'il est doux, à cette heure où tout bruit a cessé,
De feuilleter, rêveur, le livre du passé !
Le pire des tombeaux est un cœur insensible :

— Avec le souvenir la mort est impossible.
Le néant n'est qu'un mot par Satan inventé,
Le jour qu'il fut jaloux de la Divinité.
Le néant! mais ce mot est la devise infâme
Des gens qui n'osent plus lire au fond de leur âme,
Et dont la conscience, — effroyable séjour,
Hurle pendant la nuit et se cache au grand jour.
Le néant! nul n'y croit, et la preuve, il me semble,
C'est qu'au bord du tombeau le plus résolu tremble.
On blasphème, on s'enivre afin de s'étourdir,
Mais chacun sent en soi l'éternité bondir !

Frères, bénissons Dieu qui nous a faits poëtes
Et qui réserve un port à toutes les tempêtes ;
Puis, pour mieux accomplir un glorieux devoir,
Ranimons en chantant le courage et l'espoir :
A travers les tombeaux étudions la vie.
Pour étouffer l'orgueil, l'égoïsme et l'envie,
D'un but trop redouté fleurissons les chemins...
On nous suivra peut-être... et les pauvres humains
Méprisant désormais leurs idoles d'argile,
Pour code choisiront le sublime Évangile !...

Chante, mon âme, chante, et que ton doux concert
De fantômes aimés peuple mon toit désert.
Et vous, Muse, ma sœur, ouvrez à la cohorte
Des revenants chéris qui frappent à ma porte.

Consolants souvenirs des jours qui ne sont plus,
Faites de mon grenier l'asile des élus ;
Frais oiseaux du ciel pur de ma joyeuse enfance,
Gazouillez le refrain de la vieille romance
Qu'un ange me chantait afin de m'endormir,
Quand la brise du soir commençait à gémir ;
Dites-moi les accords que l'orgue de l'église

Verse au cœur innocent qu'un beau rêve électrise ;
Dites-moi les récits que, d'un air solennel,
Brodent les grand'mamans la veille de Noël ;
Parlez-moi de mes sœurs ! — Parlez-moi de ma mère !...
Dites-moi son amour, ses veilles, sa prière... —
Dites-moi de ces vers parfumés et brûlants
Comme le cœur en trouve alors qu'il a seize ans !
Dites-moi ces deux mots, — naïve confidence,
Qui commence à la messe et finit à la danse !
Dites-moi ces instants inondés de soleil
Où l'âme prend son vol, où le front est vermeil ;
Dites-moi ces beaux jours que l'Idéal effleure,
Où l'on aime, où l'on chante, où l'on croit, où l'on pleure.

Dites-moi... Mais le vent siffle dans le lointain...
Ma lampe va mourir et mon âtre s'éteint !...

. . . .

Ainsi que des oiseaux chassés par la tempête
Mes rêves sont partis ! — Ma paupière inquiète
Cherche en vain à les suivre ! — O mes oiseaux bénis !
Là-haut chantez pour moi dans vos célestes nids.
— Chantez pour que mon âme, à l'heure solennelle,
Aux fenêtres de Dieu puisse battre de l'aile.

AU COIN DU FEU

Au coin du feu l'âme s'épanche
Comme un vin pur dans le cristal ;
La flamme rouge, bleue et blanche
Semble un oiseau de l'idéal.
Le cœur babille, chante et rêve
En caressant son plus doux vœu,
Et l'esprit est bouillant de sève
    Au coin du feu.

Au coin du feu notre pensée
Chuchote avec le souvenir,
Et du printemps l'heure effacée
Tout un long soir sait revenir.
De fleur en fleur, de tige en tige,
— Ainsi que le papillon bleu —
Elle va, vient, flâne et voltige
    Au coin du feu.

Au coin du feu, verte et fleurie,
Brillant d'un éclat sans pareil,
La muse de la rêverie
Est comme un lézard au soleil !
— En vain le vent par la nuit sombre
Souffle la colère de Dieu !...
Dieu lui-même prête son ombre
     Au coin du feu !

Au coin du feu, la vieille histoire
Nous berce comme aux premiers jours.
Satan, du fond d'une écritoire
Se livre à ses plus malins tours :
— Il nous fait voir que sa puissance
Triomphe en tout temps, en tout lieu,
De la vieillesse et de l'enfance...
     Au coin du feu. —

Au coin du feu — que vous dirai-je ?
Tous les âges sont rassemblés,
— En cheveux blancs comme la neige,
En cheveux blonds comme les blés, —
Pêle-mêle ils dansent des rondes...
— L'Éternité rêve au milieu. —
On peut faire le tour des mondes
     Au coin du feu !

LES ANGÈS

A L'AMITIÉ

Ce monde est un enfer plein de douleurs étranges;
Mais, grâce au sang du Christ mort pour le genre humain,
Dieu plaça sur la terre une légion d'anges
Pour veiller nuit et jour à l'angle du chemin.

Qui ne les connaît pas, ces ombres diaphanes,
Ces sylphes bien-aimés qui voltigent toujours,
Cachant notre bonheur au regard des profanes,
Exhalant sur nos pas le parfum des beaux jours?

Qui ne les connaît pas, ces images chéries,
Toutes d'air et d'azur, de musique et de feu;

Qui s'en vont traversant nos douces rêveries,
Comme un écho du ciel, comme un reflet de Dieu?

Quand l'heure avec ennui comme un ruisseau s'écoule,
J'aime à les deviner : — je marche lentement,
Et je les vois glisser dans les flots de la foule
Comme autant de rayons tombés du firmament.

Fils d'un monde inconnu, doux anges, bons génies,
·Vous nous révélez Dieu dans toute sa bonté,
Vous faites nos cœurs purs et nos têtes bénies,
— Et vous nous faites croire à l'immortalité.

— Les voici! les voici! — De leurs yeux, de leurs ailes,
Ainsi que d'un foyer brûlant au paradis,
Jaillissent par moments des milliers d'étincelles
Qui rallument l'espoir à nos fronts engourdis.

Voici blanc comme un lis, suave comme un rêve,
Doux comme la prière au lever d'un beau jour,
Un ange éblouissant dont le regard s'élève
De la tombe au soleil : — c'est l'ange de l'amour.

Voici l'ange adoré qui calme la souffrance,
Berce de noirs chagrins et dissipe l'effroi ;
C'est lui qui nous abreuve au vase d'espérance,
Et nous ramène à Dieu : — c'est l'ange de la foi.

Voici l'ange attendri qui pleure et nous console
De nos illusions mortes pour l'avenir ;
Par lui, gai papillon, notre douleur s'envole.
— C'est l'ange du passé! l'ange du souvenir !

Combien d'autres encor ! — Et cet ange sublime
Qui de tous nos tourments accepte la moitié,
Sauf à tomber pour nous, innocente victime !
C'est, — je le reconnais : — l'ange de l'amitié.

Ce monde est un enfer plein de douleurs étranges ;
Mais, grâce au sang du Christ mort pour le genre humain,
Dieu plaça sur la terre une légion d'anges
Pour veiller nuit et jour à l'angle du chemin.

LA MARIÉE

AU PENSIONNAT DE MADEMOISELLE AUBRY [1]

LA MARIÉE A SES AMIES DE PENSION.

Je vais quitter la branche
En fleurs
Où notre âme s'épanche,
Mes sœurs.
En moi l'écho répète,
Bénit

---

[1] Bien que cette petite poésie soit d'une intimité tout à fait exceptionnelle et de circonstance, l'auteur se fait un plaisir de lui donner place en ce recueil. Du reste, le lecteur, quel qu'il puisse être, saura certainement la généraliser.

Les chants de l'alouette
　　Au nid.

Du berceau de mon enfance,
　　Des premiers jours
Je garderai souvenance,
　　Toujours ! — Toujours !

A MADEMOISELLE AUBRY.

Quand l'âme de ma mère,
　　— Trop tôt ! —
Monta, sainte prière,
　　Là-haut !
D'une mère adoptive
　　L'accueil
Fleurit la sensitive
　　En deuil.

Du berceau de mon enfance,
　　Des premiers jours
Je garderai souvenance,
　　Toujours ! — Toujours !

A SON PÈRE.

Mon père, comme un ange
　　Gardien,
Prit mon cœur en échange
　　Du sien.

À travers un jour sombre,
— Doux vœu ! —
Il passait comme une ombre
De Dieu !

Du berceau de mon enfance,
Des premiers jours
Je garderai souvenance,
Toujours ! — Toujours !

A SON FIANCÉ.

Ma bonne étoile brille
Au ciel ;
Mon vœu de jeune fille
— Doux miel ! —
Épouse une âme sainte :
Seigneur,
Bénis dans ton enceinte
Mon cœur.

Du berceau de mon enfance,
Des premiers jours
Je garderai souvenance,
Toujours ! — Toujours !

A LA MÈRE DE SON FIANCÉ.

Trésor d'âme rêvée
— Si doux ! —

Ma mère est retrouvée
En vous !
Le bonheur m'environne !
Merci !
Dieu tresse ma couronne
Ici !

Du berceau de mon enfance,
Des premiers jours
Je garderai souvenance,
Toujours ! — Toujours !

A LA FAMILLE DE SON FIANCÉ.

Ma famille nouvelle,
Je viens !
Prenez-moi sous votre aile,
Chrétiens !
— J'ai ce qui ne succombe,
La foi !
Je serai la colombe
Du toit !

Du berceau de mon enfance,
Des premiers jours
Je garderai souvenance,
Toujours ! — Toujours !

LA PETITE DEMOISELLE D'HONNEUR A LA MARIÉE (*sa tante*).

Ma tante bien-aimée,
Je veux ,

6

Mêler à ta journée
        Mes vœux !
Que Dieu te garde heureuse
        Autant
Qu'il te fit vertueuse
        Enfant !

Du berceau de ton enfance,
        Des premiers jours
Je garderai souvenance,
        Toujours ! — Toujours !

ADIEUX DU PENSIONNAT A LA MARIÉE.

Adieu, sœur tant chérie,
        Adieu !
Va, ta route est fleurie
        Par Dieu !
Pars ! notre espoir t'embrasse
        — Bien doux !
Ton image a sa place
        Chez nous !

Du berceau de ton enfance,
        Des premiers jours
Tu garderas souvenance,
        Toujours ! — Toujours !

LA VIERGE

Fraîche image du ciel, douce fleur d'Évangile,
Tu réjouis mes yeux et parfumes mon cœur ;
Grâce à toi ma prière ouvre son aile agile
Et s'envole au séjour de l'éternel bonheur !

Prisme du souvenir, miroir de l'espérance,
Par toi j'ai reconquis tous mes bonheurs troublés ;
Sur l'arbre de mes jours fleuri comme l'enfance,
J'entends chanter en chœur mes rêves assemblés !

Divins oiseaux, versez les parfums et la flamme
A mon front que le doute avait rendu frileux ;
Gazouillez ! car la foi, ce doux soleil de l'âme,
Fait de mon cœur un ciel frangé d'horizons bleus !

Quand le souffle de Dieu caresse un mausolée,
Il en fait un berceau que la Vierge défend;
Doux rêves, — doux oiseaux, — prenez votre volée !
J'étais un vieillard mort, je ressuscite enfant.

Voltigez pleins d'ivresse et de reconnaissance
Près de la sainte Vierge aux célestes moissons;
Pour célébrer l'amour couronné d'innocence,
Chantez vos plus doux airs, vos plus douces chansons.

Mêlez-vous tendrement à ces âmes errantes,
Que le monde abandonne et que le ciel bénit,
Avec elles priez ; — ce sont vos sœurs souffrantes;
Marie a dans son cœur préparé votre nid.

Chantez et voltigez dans les plis de sa robe,
— De sa robe d'azur, de soleil et de fleurs ! —
Vous aviez des trésors que le siècle dérobe :
— Elle a de doux regards pour essuyer vos pleurs. —

Marie est une mère — et, son amour immense
La rend sensible même aux plaintes des roseaux;
Aimant tout ce qui souffre, elle est la providence
Des vieillards, des enfants et des petits oiseaux.

Pauvres anges sans nom, — chastes fleurs orphelines,
Fronts pâles, cœurs blessés, priez-la : son amour
De toutes vos douleurs arrachant les épines
Fera de votre deuil un éternel beau jour.

FIN.

TABLE

www.ingramcontent.com/pod-product-compliance
Lightning Source LLC
Chambersburg PA
CBHW070816260626
47161CB00006B/2310